BUGINNINGS: NÚMEROS / NUMBERS

Publicado por Editorial Betania, un sello de Editorial Caribe, Inc.

© 2004 Editorial Caribe, Inc.
Una división de Thomas Nelson, Inc.
Nashville, TN, E.U.A.
www.caribebetania.com

Título en inglés: Numbers
Copyright © 2004 Max Lucado, tanto el texto como el arte
Producción de los dibujos: GlueWorks Animation
Publicado en Nashville, TN por Tommy Nelson®, una división de Thomas Nelson, Inc.

Traductor: Hubert Valverde

ISBN: 0-88113-8401

Impreso en E.U.A.
04 05 06 07 WRZ 5 4 3 2 1

MAX LUCADO
Hermie y sus Amigos

Buginnings

NÚMEROS
NUMBERS

Basado en la serie *Hermie: una oruga común* por Max Lucado
Based on the characters from Max Lucado's
Hermie: A Common Caterpillar

CARIBE-BETANIA
Una división de Thomas Nelson, Inc.
The Spanish Division of Thomas Nelson, Inc.
Since 1798-desde 1798
caribebetania.com

"Hermie, ¿qué llevas allí?" preguntó Wormie.

"Una cesta", dijo Hermie. "Dios hizo muchas cosas tan especiales. Voy a ver cuántas puedo recolectar en mi cesta. ¡Acompáñame!"

"¡Muy bien!" dijo Wormie.

"Hermie, what is that on your back?" Wormie asked.

"A basket," said Hermie. "God made so many great things. I'm going to see how many I can collect in my basket. Come with me."

"Okay!" Wormie said.

"Antonio la hormiga, estoy recolectando cosas. ¿Puedes ayudarme?", le preguntó Hermie.

"Con gusto te ayudaré, Hermie", dijo Antonio y le echó **una enorme piña de pino** en la cesta de Hermie.

"Gracias", Hermie sonrió. "Una enorme piña de pino".

"Antonio Ant, I'm collecting things. Could you help me?" Hermie asked.

*"Yes, I will help you, Hermie," Antonio said and tossed **one enormous pine cone** into Hermie's basket.*

"Thank you", Hermie smiled. "One enormous pine cone!"

1
uno / one

Hermie miró hacia arriba y vio a Flo la mosca. "Flo, estoy recolectando cosas. ¿Puedes ayudarme?"

"¡Claro!" dijo Flo.

¡Uno!

¡Dos!

Arándanos jugosos

cayeron en la cesta de Hermie.

"Gracias", Hermie volvió a sonreír. "Dos arándanos jugosos".

Hermie looked up and saw Flo the Fly. "Flo, I'm collecting things. Could you help me?"

"Sure!" Flo said.

One!

Two!

Juicy blueberries

landed in Hermie's basket.

"Thank you." Hermie smiled. "Two juicy blueberries!"

2

dos / two

"Annie la hormiga, estoy recolectando cosas. ¿Puedes ayudarme?" preguntó Hermie.

"Sí, y así también tú me ayudarás", respondió Annie. "¡Llévate estas **tres cebollas olorosas**!"

"Gracias", Hermie sonrió. "¡Tres olorosas cebollas!"

"Annie Ant, I'm collecting things. Could you help me?" Hermie asked.

*"Yes, and you can help me," Annie answered. "Take these **three stinky onions**!"*

"Thank you." Hermie smiled. "Three stinky onions!"

3

tres / three

"¡Samuel el caracol!" Hermie le dijo. "Estoy recolectando cosas. ¿Puedes ayudarme?"

"¡Por supuesto!" dijo Samuel. "Te daré **cuatro semillas muy deliciosas**".

"Gracias", Hermie sonrió. "¡Cuatro semillas deliciosas!"

"Schneider Snail!" Hermie called. "I'm collecting things. Could you help me?"

*"Yes!" Schneider said. "I will give you **four tasty seeds**."*

"Thank you." Hermie smiled. "Four tasty seeds!"

4
cuatro / four

"Wormie, ¡mira, unos guisantes diminutos!" dijo Hermie.

"¿No tienes ya demasiado?" preguntó Wormie.

"No", respondió Hermie. "¿Me puedes ayudar?"

"Sí", le dijo Wormie.

Uno por uno, Wormie puso los **cinco guisantes diminutos** en la cesta de Hermie.

"Gracias", Hermie sonrió. "¡Cinco guisantes diminutos!"

"Wormie, look. Tiny green peas!" Hermie said.

"Don't you have enough in your collection?" Wormie asked.

"No," Hermie answered. "Could you help me?"

"Yes," Wormie said.

*One by one, Wormie loaded **five tiny green peas** into Hermie's basket.*

"Thank you." Hermie smiled. "Five tiny green peas!"

5
cinco / five

"Hermie, ¿qué estás haciendo?", le preguntó Catalina la oruga.

"Estoy recolectando cosas. ¿Puedes ayudarme?", preguntó Hermie.

"¡Sí!", respondió Catalina mientras **seis pétalos de rosa** flotaban y se posaban suavemente en la cesta de Hermie.

"¡Mmm, que rico huelen!" Hermie sonrió otra vez. "¡Seis pétalos de rosa!"

"Hermie, what are you doing?" Caitlin Caterpillar asked.

"I'm collecting things. Could you help me?"

"Yes!" said Caitlin. And **six red rose petals** *floated gently down into Hermie's basket.*

"Mmm, they smell wonderful!" Hermie smiled. "Six red rose petals!"

6
seis / six

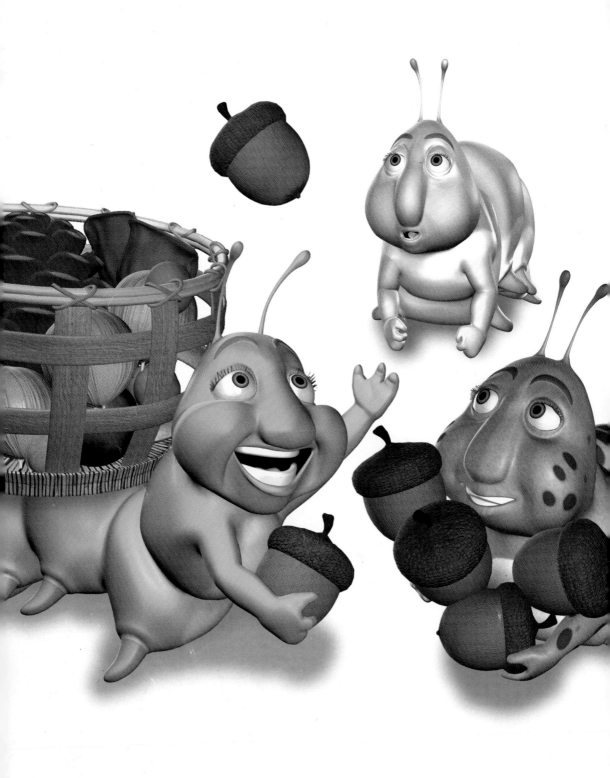

"¡Hola, Milton! Estoy recolectando cosas. ¿Puedes ayudarme?" dijo Hermie.

"¿Qué necesitas?" le preguntó Milton a Hermie.

"Siete cosas especiales que Dios haya creado", respondió Hermie.

"¿Qué te parecen algunas bellotas crujientes?", preguntó Milton.

"¡Muy bien!", respondió Hermie.

"Gracias", Hermie sonrió. "¡Siete bellotas crujientes!"

Milton entonces, le añadió **siete bellotas crujientes**.

"Hi, Milt! I'm collecting things. Could you help me?" Hermie asked.

"What do you need?"

"Seven special things God made," Hermie said.

"How about some crunchy acorns?" Milt asked.

"Yes, please!"

*Milt gave Hermie **seven crunchy acorns**.*

"Thank you." Hermie smiled. "Seven crunchy acorns!"

7

siete / seven

"¡Hola, Wormie! ¡Hola, Hermie!" dijo Lucy la mariquita mientras saludaba. "¿Qué están haciendo?"

"Estoy recolectando cosas. ¿Puedes ayudarme?", Hermie le preguntó.

"Con gusto", dijo Lucy y con su ayuda, **ocho hojas tiernas** cayeron al cesto de Hermie.

"¡Gracias!" Hermie sonrió. "¡Ocho hojas tiernas!"

"Hi, Wormie! Hi, Hermie!" Lucy Ladybug waved. "What are you doing?"

"I'm collecting things. Could you help me?" Hermie asked.

*"Yes," Lucy said. And with Lucy's help, **eight tender leaves** dropped into Hermie's basket.*

"Thank you." Hermie smiled. "Eight tender leaves!"

8
ocho / eight

Las mariquitas gemelas, Heiley y Bailey, vieron a Hermie y cómo se tambaleaba su cesta.

"Estoy recolectando cosas. ¿Pueden ayudarme?", Hermie les preguntó.

"¡Sí!" le dijeron ambas.

Pero Wormie empezó a preocuparse pues la cesta de Hermie se encontraba muy llena.

Hailey and Bailey metieron **nueve uvas moradas** en la cesta de Hermie.

"Gracias" Hermie sonrió. "¡Nueve uvas moradas!"

The Ladybug twins, Hailey and Bailey, stared at Hermie and his wobbly load.

"I'm collecting things. Could you help me?" Hermie asked.

"Yes!" Hailey and Bailey said.

But Wormie was worried. Hermie's basket was too full.

*Hailey and Bailey added **nine purple grapes** to Hermie's basket.*

"Thank you." Hermie smiled. "Nine purple grapes!"

9

nueve / nine

Uh-oh! Las uvas eran muy pesadas. Hermie cayó al suelo junto con todas las cosas que tenía en su cesta.

Los amigos de Hermie corrieron para saber si él se encontraba bien. Hermie no estaba herido. Él se levantó y miró a su alrededor.

Dios le había dado la mejor recolección de todas: **diez amigos dispuestos a ayudarle**.

"¡Gracias Dios!" Hermie sonrió. "¡Diez amigos dispuestos a ayudarme!"

Uh-oh! *The grapes were too heavy. Hermie and his collection came tumbling down.*

Hermie's friends came rushing to see if he was okay. Hermie was not hurt. He got up and looked around.

*God had given him the best collection of all—**ten helpful friends**.*

"Thank You, God!" Hermie smiled. "Ten helpful friends!"

10
diez / ten

Y ahora los **10** amigos de Hermie se dieron un sabrosísimo festín con:

*And now Hermie shared with his **10** helpful friends a scrumptious picnic of:*

9 uvas moradas, **9** *purple grapes,*

8 hojas tiernas, **8** *tender leaves,*

7 bellotas crujientes, **7** *crunchy acorns,*

6 pétalos de rosa, **6** *red rose petals,*

5 guisantes verdes diminutos, **5** *tiny green peas,*

4 semillas deliciosas, **4** *tasty seeds,*

3 cebollas olorosas, **3** *stinky onions,*

2 arándanos jugosos y **2** *juicy blueberries, and*

1 enorme piña de cono. **1** *enormous pine cone.*

¡Cuenta con Hermie!

¿Qué fue lo que los 10 amigos de Hermie le dieron?

Señala el objeto, di el número y el nombre del amigo.

Tú puedes jugar el juego de los números de Hermie en cualquier lugar. Simplemente cuenta las cosas que son iguales en tu casa, la iglesia o la naturaleza.

Count with Hermie!

What did Hermie's 10 helpful friends each give him?

Point to each item, say the number and the friend's name.

You can play Hermie's number game anywhere, by counting things that look alike in your home, church, and nature.

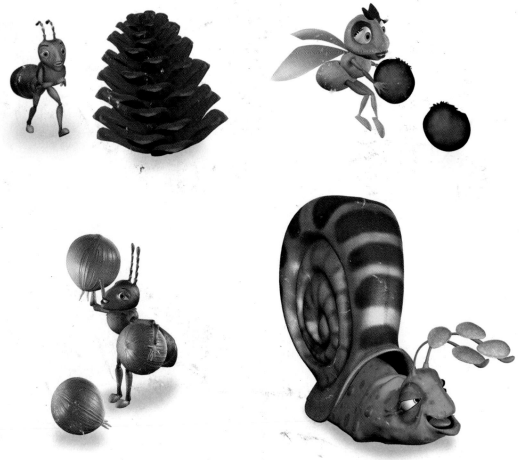